Coleção **L&PM** POCKET, vol. 1247

Texto de acordo com a nova ortografia.
Publicado pela Editora Belas Letras em formato 14 x 21cm em 2015

Este livro foi publicado mediante acordo de parceria entre a Editora Belas Letras e a L&PM Editores exclusivo para a Coleção **L&PM** POCKET

Primeira edição na Coleção **L&PM** POCKET: maio de 2017

Editor: Gustavo Guertler
Coordenação editorial: Fernanda Fedrizzi
Revisão: Mônica Ballejo Canto
Capa e projeto gráfico: Celso Orlandin Jr.
Foto: Giselle Sauer

Dados Internacionais de Catalogação na Fonte (CIP) Biblioteca Pública Municipal Dr. Demetrio Niederauer, Caxias do Sul, RS

P581p

Piangers, Marcos
 O papai é pop / Marcos Piangers. Caxias do Sul, RS: Belas Letras; Porto Alegre: L&PM, 2017.
 128 p.; 18 cm – (Coleção L&PM POCKET; v. 1247)

 ISBN 978-85-254-3587-3

 1. Literatura brasileira - Crônicas. 2. Paternidade. I. Título.

17/30   CDU: 821.134.3(81)-92

Copyright © Marcos Piangers, 2015
Todos os direitos desta edição reservados à Editora Belas Letras

EDITORA BELAS LETRAS LTDA.
Rua Coronel Camisão, 167 – 95020-420
Caxias do Sul – RS – Brasil / Fone: 54.3025.3888
www.belasletras.com.br

L&PM EDITORES
Rua Comendador Coruja, 314, loja 9 – Floresta – 90220-180
Porto Alegre – RS – Brasil / Fone: 51.3225.5777 – Fax: 51.3221.5380
PEDIDOS & DEPTO. COMERCIAL: vendas@lpm.com.br
FALE CONOSCO: info@lpm.com.br
www.lpm.com.br

Impresso no Brasil
2017

DESENHE SEU PAI

O CORPO A GENTE JÁ FEZ. FALTAM A CABEÇA, OS BRAÇOS E AS PERNAS

INTRODUÇÃO	13
ENTÃO VOCÊ VAI SER PAI	20
GUARDE OS PRESENTES	24
SER PAI É FAZER CONTAS	26
PERÍODO DE ADAPTAÇÃO	28
DANDO O TROCO NAS CRIANÇAS	30
OS MELHORES PAIS DO MUNDO	32
UMA TARDE NO SHOPPING	36
CHOCOLATE	40
DOCE PRESENTE	42
DIAMANTES	45
CRIANÇAS E O SEXO	48
A VIDA É LONGA	51
EXCESSO DE CULPA NA BAGAGEM	54
TÁ DE BABÁ?	56
OS TERRÍVEIS DE DOIS ANOS	58
MINHA FILHA NÃO TEM NADA CONTRA GAYS	61
ANITA E A ÉCLAIR	63
QUANDO EU FOR VELHO	66
MÁFIA NO DIVÃ	68
AS HISTÓRIAS QUE ME CONTAM	70

DICIONÁRIO INFANTIL DA LÍNGUA PORTUGUESA – EDIÇÃO REVISTA E ATUALIZADA	**73**
AMADORES	**75**
A REVOLTA DOS COLCHÕES	**77**
SÓ ISSO?	**80**
NOSSA MELHOR VISTA	**82**
A RELIGIÃO DA MINHA FILHA	**85**
TARDE DEMAIS	**88**
ORGULHO NERD	**91**
O BEBÊ QUE NUNCA PARA DE CHORAR	**94**
O PREÇO DO SORRISO ESTÁ INFLACIONADO	**97**
AVÓS	**99**
UM VERÃO PERIGOSO	**102**
MENINOS E MENINAS	**106**
QUE NUNCA ACABE	**108**

INTRODUÇÃO

MINHA MÃE ESTAVA A CAMINHO DA CLÍNICA

Uma amiga estava dirigindo, chovia bastante naquela terça-feira. As duas estavam nervosas, a situação, o temporal, as ruas alagadas. E a ilegalidade do que faziam. As duas atravessaram a cidade, pegaram aquela avenida que passa na beira do mar, pararam em um sinal vermelho na subida de um morro. Estavam há vários minutos sem conversar, em silêncio total dentro do carro. Dentro do Fusca só o barulho da chuva forte batendo na lataria. A minha mãe estava indo me abortar.

Acontece que meu pai, quero dizer, o homem que engravidou minha mãe, não queria ser pai. Tinha outra vida, outras prioridades. O homem tinha outros planos. Não era o homem pra ser meu pai. Talvez nenhum homem seria. Talvez minha mãe não conseguisse me criar sozinha. Talvez não era pra ser.

Existem vários tipos de pai. Desatentos, inseguros, dedicados, ocupados, atrasados, estressados, agitados, brincalhões. Há pais que fazem tudo, e há pais que não fazem nada. Há pais que ajudam no tema, dão banho, fazem aviãozinho com a colher, contam histórias antes de as crianças dormirem. Há pais que ensinam a andar de bicicleta, que levam no estádio, que dormem no sofá e deixam os filhos dormir em cima. Pais que deixam os filhos fazer tudo. Distantes, carinhosos, inconvenientes, moderninhos. Há pais de todos os tipos.

E há pais que decidem não ser pais.

Foi o caso do homem por quem minha mãe se apaixonou. E é o caso de vários pais. Essa não é nenhuma história extraordinária, nem nada. É uma história bastante comum, na verdade. Há homens que não querem ter filhos. E, por favor, me respondam como isso pode acontecer? Como um pai pode não querer ser pai? Não sabe tudo o que irá perder!

Uma vez uma senhora escreveu uma carta a Kurt Vonnegut, meu escritor favorito. Ela queria saber se, na opinião do sr. Vonnegut, que tanto tinha escrito sobre o terror da guerra e a má conduta crônica da raça humana, uma pessoa deveria ter filhos. Sr. Vonnegut respondeu: "Não faça isso! Era o que eu queria lhe dizer. (...). Mas respondi que o que quase fazia valer a pena o fato de estar vivo pra mim, além da música, eram todos os santos que eu encontrava, que podiam estar em qualquer lugar".*

Este livro é dedicado às pessoas que acreditaram nesses santos.

Não quero parecer catastrófico nem nada, mas é um ato de fé colocar filhos no mundo hoje. A previsão é de um futuro caótico, de mudanças climáticas, superpopulação, doenças epidêmicas e aumento da violência urbana. Ter filhos é acreditar no contrário disso tudo. Todo pai é um otimista.

Ter filhos é ter fé em um futuro melhor. Um mundo onde nenhuma dificuldade é desculpa para fazer mal a outra pessoa. Um futuro onde as pessoas se respeitam mais e onde existe gente que faz o bem sem pedir algo em troca. Faz o bem porque é assim que tem que ser. Não por medo do inferno ou promessa de ir ao céu. Não porque terão alguma vantagem com isso. Não porque outras pessoas estão olhando. Mas porque isso é o que nos faz humanos.

---

*A Man Without a Country (2005).

Naquele Fusca barulhento, naquela terça-feira chuvosa, naquele sinal vermelho na subida de um morro minha mãe achou melhor voltar pra casa. Depois ela ligava pra remarcar. E depois foi ficando pra depois, e ela foi dando um jeito, e eu acho que conseguiu um emprego, e a barriga foi crescendo, e a barriga era eu. E eu nasci. E minha mãe foi meu pai. E tenho certeza que não foi fácil pra ela, mas aqui estou eu.

Não sei como é ter um pai.
Mas sei como é ser um pai.
E é a melhor coisa do mundo.
Tenho certeza que você concorda, mãe.

Para Eloisa Piangers, por topar esse passeio.
Para Ana Emília, Anita e Aurora,
por serem anjos.

E para mães solteiras, onde estiverem.
Obrigado.

"Bebês, olá. Bem-vindos à Terra. É quente no verão e frio no inverno. É redonda e molhada e cheia. No lado de fora, bebês, vocês têm cem anos aqui. Há apenas uma regra que eu saiba, bebês: por Deus, você tem que ser gentil."

Kurt Vonnegut. *God Bless You, Mr. Rosewater* (1965).

"Perguntei ao meu filho há algum tempo qual era o sentido da vida, já que não faço ideia. Ele disse: 'Pai, nós estamos aqui para ajudar uns aos outros a passar por essa coisa, o que quer que ela seja'."

Kurt Vonnegut, *Armageddon in Retrospect* (2008)

Então você vai ser PAI

ENTÃO VOCÊ E SUA COMPANHEIRA ESTÃO GRÁVIDOS. Você sabe que precisa comprar uma casa maior. Tem que ter mais espaço pra criança. Tem que ter mais um quarto no apartamento. Tem que ter um berço novo, não pode ser aquele que a vizinha se dispôs a emprestar. Então você sabe que tem que trocar de carro. Aquele carro não é confortável pra levar a família. Aquele carro não é seguro pro seu filho. Tem que ter seis *airbags*, no mínimo. Tem que vir com ar-condicionado de fábrica. Coitado do bebê no verão.

Pai novo, fiz tudo aquilo que me diziam, do apartamento maior ao carro quatro portas, depois dos quais precisei trabalhar mais para poder dar conta das prestações. Trabalhava mais pra poder pagar a melhor creche. No supermercado, apenas a melhor fralda. Comprar a fralda mais barata significava amar menos meu filho. Roupa do brechó, nem pensar. De brinquedos caros nosso armário está cheio. De culpa também, por ter que passar muito tempo no trabalho.

O que aprendi é que não faz diferença alguma. Um apartamento grande não faz diferença, porque as crianças gostam mesmo é de dormir amontoadas na cama dos pais. Um carro grande não faz diferença, porque as crianças gostam mesmo é de andar de bicicleta. A melhor creche não faz diferença, se você é o último pai a buscar seu filho. Os brinquedos mais caros e os jogos de videogame não fazem diferença: para crianças, não há nada mais divertido do que se equilibrar no meio-fio ou andar na calçada sem pisar nos riscos. Jogar uma criança pro alto e agarrá-la antes de cair no chão, está aí a melhor brincadeira do mundo para qualquer pequeno. E tem a vantagem de ser de graça.

Adoro aquela tirinha do Rafael Sica sobre o sujeito que está sempre no trabalho pensando no bar. No bar, o sujeito está sempre pensando na família. Em casa, com a família, o sujeito está sempre pensando no trabalho. O sujeito nunca está realmente onde ele está. Cria sempre algum tipo de ruído na relação dele com as coisas. Esse cara sou eu, pensei quando vi a tirinha pela primeira vez. Então você e sua companheira estão grávidos. Então você sabe que não precisa de uma casa maior, de um carro melhor, nem da melhor fralda, nem da melhor creche. Você sabe, no fundo, que só precisa estar lá. De verdade.

You!

Love

Life is Beautiful!

From Always is Good

Happy Days!

GUARDE OS PRESENTES

CADA PAI É UM COLECIONADOR DE HISTÓRIAS. O dia a dia da paternidade, apesar de muitas vezes cansativo, é uma sucessão de surpresas, poucas delas registráveis. Cada primeiro sorriso, cada primeiro passo, cada primeira frase completa. Cada momento é desesperadamente registrado com uma câmera tremida, uma fotografia em baixa resolução que nenhum amigo vai achar grande coisa. Mas ser pai é tentar registrar tudo isso. Porque pais sabem que as crianças crescem e que esses momentos preciosos são únicos.

As histórias das minhas filhas eu anoto no bloco de notas do meu smartphone. Tenho apenas frases me lembrando de momentos que eu acho que valem virar textos. Coisas como "conto no livro da escola" (sobre uma vez que ela escreveu uma história de uma menina que sonhava em ser patinadora do BIG) e "Anita quer casar" (uma vez que minha filha disse que queria casar logo, segundo ela, "para ter em quem mandar").

Algumas histórias eu registro em desenhos. Outras em textos. Quero lembrar para sempre que a mais velha sempre me acorda com beijos, prepara meu café da manhã quando estou de aniversário, conversa por horas nas viagens longas e toma sorvete devagar "pra durar mais". Quando chega à porta de casa, ela nunca aperta a campainha: sempre canta alguma música, cada vez mais alto, até alguém abrir. Adoro isso.

A menorzinha me acorda aos gritos. Dorme tarde demais quando eu tô cansado. Quer colo quando minhas duas mãos estão ocupadas. Grita se não faço exatamente o que ela quer, na hora exata que ela deseja. Ela costuma fazer xixi na minha roupa no menor sinal de desatenção e cocô nas camas de hotel, quando estamos saindo com pressa pra pegar um avião. Gosta de estar sempre segurando algo. As escovas de dente ora massageiam suas gengivas, ora são esfregadas com força no chão sujo.

Todo pai é um colecionador de histórias. Cada história é um presente que nossos filhos nos dão. Guarde bem os seus presentes.

SER PAI É FAZER CONTAS
➕ ➖ ✖ % $

NESSE COMEÇO DE ANO já foram a rematrícula, os novos materiais, uniformes que caibam nas crianças sem deixar a barriga aparecendo, como estava acontecendo no final do ano passado. Separei uma grana pro lanche, comprei uma mochila nova depois de um ano ouvindo lamúrias. Faltam o transporte escolar, o livro de inglês que ainda não chegou à livraria e estou considerando cortar a Net, mesmo sabendo que uma viciada em Peppa Pig pode se tornar perigosa com a abstinência. Mas a verdade é que está caríssimo ser pai.

Multiplique esses gastos por doze meses, e esses doze meses por cerca de vinte e cinco anos e teremos calculado o custo de um filho, que deve ser mais de dois milhões de reais, e não estou colocando ai nenhum casamento chique nem os gastos com a lataria do meu carro nos primeiros anos de direção das crianças. São dois milhões de reais que estou investindo com a esperança de que sejam pessoas brilhantes, mudem o mundo, descubram a cura do câncer. Estou investindo essa dinheirama para ser acordado de madrugada porque as meninas estão com medo do escuro. Estou pagando pra pegar trânsito no primeiro dia de aula.

Estou pagando para ver apresentações de final de ano. Estou pagando por desenhos feitos só com uma cor, onde apareço sem nariz. Estou pagando satisfeito por isso, preciso dizer. Estou pagando essa dinheirama para ser chamado de herói quando mato uma barata. Estou pagando essa pequena fortuna para pegar a bola que caiu no terreno do vizinho e ser aplaudido pelas pequenas. Estou pagando para saber tudo sobre todas as coisas e ter respostas para todas as perguntas. Estou pagando até barato por isso.

Estou pagando uma pechincha por abraços. Cada abraço de uma menina de dois anos me economiza uma fortuna que eu gastaria com psiquiatras. Cada beijo de boa noite me alivia a conta do cardiologista. Cada "eu te amo" me afasta do hospital. É um achado o que estou pagando por tudo isso. Que sorte gigantesca ter achado essa barbada. Que promoção maravilhosa essa de ser pai.

PERÍODO DE ADAPTAÇÃO

Há quem diga aqui em casa que eu não quero participar dos processos escolares das meninas, mas a verdade é que quero, só que não consigo. Tudo começou muito cedo, quando depois de quatro meses de licença-maternidade e um mês de férias, minha mulher precisou voltar a trabalhar. Sem babá ou avó por perto, tínhamos que ir à creche todos os dias junto com a bebê, para o que a escola chama de "período de adaptação".

Era um tormento abandonar minha filha recém-nascida nos braços de qualquer pessoa, quanto mais uma pessoa que precisaria cuidar de outras crianças recém-nascidas. Suava frio e disparava o miocárdio só de ver aquele monte de bercinhos. E se chorarem todas ao mesmo tempo? E se minha filha engasgar e ninguém perceber? E se trocarem as crianças, que nesses primeiros meses são todas meio parecidas? Com o tempo, percebi que o "período de adaptação" tem esse nome não por causa da adaptação necessária para a criança se ambientar na escola. É um período de adaptação para os pais!

Precisei de uma temporada estendida de adaptação e achei que conseguiria deixar a pequena na escola sozinha com uns dois anos. Aí então vem uma segunda fase: a partir do momento em que começa a entender que está sendo deixada na creche, a criança chora pra não ir à escola. E ai, amigos, não há nada que corte mais o coração de um pai do que entregar seu filho chorando para outra pessoa cuidar. Cansei de levar minha filha na escola, de vê-la chorando e dizendo que não queria entrar na creche, uma menininha gordinha de dois anos implorando "só hoje, papai. Buáááááá. Não quero ir pra escola, papai", e trazê-la de volta pra casa pra que a minha mulher faça o trabalho. Minha mulher é muito melhor em entregá-la na escola.

Os insensíveis dizem que isso é manha da criança, que ela está querendo me manipular. Pois, então, parabéns, porque está tendo sucesso. Pra mim, parece um choro de decepção, um lamento sincero de quem esperava mais de mim. Sou o pior pai do mundo no quesito entregar a filha na creche. Meu período de adaptação ainda não acabou.

DANDO O TROCO NAS CRIANÇAS

VINGUEI-ME DAS MENINAS ESSES DIAS. Estávamos no carro e, a caminho de casa, passei a perguntar insistentemente: "Já chegamos? Já chegamos? Já chegamos?". Pra verem o que é bom pra tosse. A cada dois minutos perguntava "Já chegamos?", e elas eram obrigadas a me dizer que não, que ainda não, calma que já vai chegar. Foi uma ótima vingança.

Aí então, confiante com o sucesso desse primeiro experimento, ampliei minha área de atuação.

Passava a manhã gritando "Tô com fome! Tô com fome!", e quando saía o almoço dizia que não queria comer. Pedia ajuda para fazer as tarefas mais simples. Se ninguém me ajudava eu gritava: "Mas eu não consigo!". E fingia um choro quando queria que elas amarrassem meus cadarços, por exemplo.

Passei a perguntar "Por quê?" pra tudo. Se contavam uma história do colégio, eu perguntava: "Por quê?". E se uma explicava que era porque a professora de matemática passa muito tema de casa, eu mandava outro: "Por quê?". E ela tinha que explicar que era porque o pessoal da sala não era muito bom de matemática. "Por quê?". Porque todo mundo não prestava atenção na aula. "Por quê?". Porque era um assunto que não interessava. "Por quê? Por quê? Por quê?". E ela ficava irritada até gritar que não sabia, que ela não tinha que saber de tudo, meu Deus pra que perguntar tanto assim?

E era ótimo dormir com a alma lavada.

Até que um dia senti um sorriso malandro na cara delas, como se tivessem descoberto algo que eu não sabia. Passamos o café da manhã todo nos olhando, eu desconfiado e elas rindo de alguma coisa. Tomei banho e fui trabalhar. Quando cheguei em casa uma delas disse: "Já pro banho". Mas o que é isso, quem manda nessa casa aqui sou eu. "Já pro banho!", ela repetiu. E a outra gritou: "Se não tomar banho agora, vai ficar sem o celular". Na janta tive que comer tudo, até o brócolis, raspar o prato e colocar na pia. Levei mais de uma hora arrumando o quarto. "E escova os dentes bem escovados!".

Naquela noite fui pra cama antes das nove, sem direito a televisão.

SOMOS UMA GERAÇÃO DE PAIS COM CULPA. Não sabemos nunca se estamos cuidando de nossos filhos direito. Não sabemos se estamos alimentando nossos filhos direito, educando nossos filhos direito, repreendendo as pirraças direito, abraçando e beijando direito, dormindo na hora certa direito, larga esse *iPad* direito, pelo amor de Deus vem almoçar, já pedi cinco vezes direito. Somos uma geração de pais que sempre acha que está fazendo tudo errado. A escola talvez não seja a certa, a comida está muito industrializada, acho que o videogame deixa eles muito agitados. Alguma coisa está sempre errada e a culpa é nossa. Os piores pais do mundo.

Digam o que quiserem, acredito que somos os melhores pais do mundo. Minha mãe me entupia de bolacha e ki-suco na década de 1980 e eu estou aqui, nem tão firme e nem tão forte, mas vivo. Percebam: somos a geração que frequenta feiras orgânicas! Que sabe pra que serve a quinua e a semente de girassol (eu não sei!). Somos a geração pró-educação construtivista, a geração que mais disse eu te amo para seus filhos. Por Deus! Somos a geração que se preocupa com a quantidade de sódio na água mineral! Nossos pais nos davam água de torneira pra beber! Somos os melhores pais da história, com certeza!

E sobre esse advento maravilhoso da tecnologia, o que dizer? Esse aparelho celular que nos permite tirar centenas de fotos das crianças fazendo as atividades mais triviais? Esse telefone magnífico que nos permite responder *emails* de casa, enquanto abraçamos nossos filhos no sofá? Há quem diga que a tecnologia nos distancia dos filhos, pois nossos pais ficavam até tarde no escritório e quando chegavam estávamos dormindo. De vez em quando nossos pais viajavam em férias e não nos levavam (hoje em dia esses pais seriam detonados no Facebook, compartilhe essa atrocidade você também). Perdoem-me vocês, mas isso sim eram pais distantes.

E não esqueçam que quando viajávamos, éramos levados no banco de trás (quando não no vão traseiro do Fusca), sempre sem cinto de segurança. Como pode a geração da cadeirinha anti-impacto ter alguma culpa por qualquer coisa? A geração que quer abolir a palmada através de uma lei? A geração que, por padrão, coloca uma televisão no quarto dos filhos? Somos disparadamente os melhores pais do mundo. Somos legais, gente. Pode acreditar.

E agora larga o celular que a criança está chamando.

essa aqui é pra você que está pensando em ter filhos.

A paternidade, em longo prazo, é extremamente gratificante, preenche um vazio existencial, permite que você se sinta eterno, desperta o orgulho de ter formado um cidadão que pode fazer diferença positiva no mundo. Mas em curto prazo, no dia a dia, existem pequenas coisas que colocam esse plano maior à prova, nos dando uma vontadinha de desistir. Por exemplo, uma ida ao *shopping* com duas filhas.

A filha mais velha normalmente está falando. Ela vai falar sobre comprar uma mochila nova, ou pulseiras de zíper, ou qualquer outro apetrecho colorido que você não vai entender muito bem o que é ou pra que serve, e terá nome esquisito como *niddles*, ou *poppies*, ou *booblebis*. A mais nova estará chorando, indignada por estar sentada em uma cadeirinha para crianças, presa por um cinto de segurança. Você terá muitas vezes vontade de deixá-la sem cinto, sem cadeirinha, e talvez até com a porta meio aberta.

Quando finalmente conseguir estacionar, a mais velha estará chorando porque você disse que não vai comprar *niddles* ou *poppies* ou *booblebis* e a mais nova estará dando chutes no encosto para cabeça do banco do motorista. Agora você tirou a mais nova da cadeirinha, mas a mais velha se recusa a sair do carro. Depois de alguma conversa, a mais velha sairá, mas a mais nova estará chorando agora. Para acalmá-la, você permitirá que ela ande na escada rolante 13 vezes, subindo e descendo pela escada do lado, para então, finalmente, poder entrar de fato no *shopping*.

Dentro do *shopping*, haverá paradas nas lojas de doces, de balões, de sorvete, de celulares e, é claro, nas lojas de brinquedos. Em cada uma das lojas, haverá uma compra ou uma conversa longa sobre como não existe a possibilidade de você comprar, por exemplo, um chiclete de dezesseis reais. Em cada parada, você perderá uma filha, porque enquanto uma para a outra segue tranquila pelo meio da multidão. Ainda que o sentimento de perder uma filha seja desesperador, o sentimento de perder as duas filhas é um pouco revigorante.

A loja para a qual você foi até o *shopping* não terá o produto que você esperava encontrar, então é hora de pagar o estacionamento. Aqui temos um momento especial na vida do cidadão moderno, momento este que merece um parágrafo só pra ele.

Antigamente os quiosques de pagamento de estacionamento eram localizados na saída do *shopping*, o que fazia toda lógica do mundo. Então os quiosques passaram para o meio do *shopping*, imagino que seja pras pessoas ficarem mais tempo circulando, aumentando as chances de você comprar algo ou de perder um filho. Mas agora os quiosques estão nos locais menos prováveis, escondidos, embaralhados, mudando de lugar o tempo todo. Imagino que em breve teremos que perguntar para os seguranças a localização dos quiosques e receberemos uma senha secreta – e subindo ao terceiro andar do *shopping* encontraremos um senhor de óculos, sobretudo e chapéu que ouvirá a senha e nos dará um *pendrive* com as coordenadas de latitude e longitude do quiosque para pagamento do estacionamento. Mas voltemos às minhas... filhas... cadê minhas filhas?!!?!

Ah, estão lá. Você então gritará para suas filhas que virão correndo e esbarrando nas pessoas, todas elas muito civilizadas e considerando você um péssimo pai. Você pagará o estacionamento com a mais nova no colo, a mais velha, feliz com seus *niddles*, tentará entrar no carro com o outro carro colado ao seu, ouvirá os choros de protesto da mais nova na cadeirinha, aguardará a cancela abrir e estará novamente em contato com o ar puro, o sol, os pássaros. Você abrirá o vidro e entrará uma brisa suave. No rádio estará tocando um jazz gostoso, os motoristas darão passagem e o trânsito fluirá com calma, mas constância. Você olhará pelo retrovisor e verá duas lindas crianças felizes, olhando a paisagem.

E, naquele momento, você será a pessoa mais feliz do mundo.

CHOCOLATE

Estava empolgado com a caça aos ovos de chocolate este ano, mas anunciaram lá em casa que não vai ter chocolate. Faremos uma caça aos ovos de quinua. Ouvi dizer que é moda entre os pais mais modernos e nossas filhas poderão devorar este belo regulador intestinal enquanto tomam um delicioso suco verde de couve. Será uma Páscoa divertida. Assistiremos os desenhos da TVE que, eu não sabia, são os únicos com linguagem aprovada e não infantilizam as crianças. Fiquei surpreso ao descobrir que infantilizar crianças é uma coisa ruim.

Não sei quem fez a lei, mas também está abolida qualquer história sobre o coelhinho da páscoa. Não consigo mentir pras crianças. Ao me perguntarem "Quem trouxe os ovinhos, papai?", direi solenemente que realizei a compra dos ingredientes pagos com cartão e com CPF na nota, e eu mesmo que trouxe em uma sacola reciclável. Não será bem uma "caça" ao tesouro, porque o uso do termo pode incentivar violência contra animais. Nem podemos chamar de "tesouro" algo que não é tão valioso quanto a vida, a família. Será uma "busca aos ovos de quinua". Uma brincadeira divertidíssima que as crianças vão adorar.

    Minhas páscoas eram um horror. Tenho nove primos e todos nos reuníamos na sala enquanto os tios espalhavam chocolate pela casa do vô. Era tanto chocolate que ficava impossível não achar os ovos, tinha sempre um papel brilhante escapando por alguma porta do armário. Cada primo devorava um ovo gigante, e dentro dos ovos de chocolate, naquela época, vinha ainda mais chocolate. E eram coelhos enormes feitos de chocolate e bengalas de chocolate e barras de chocolate. E minha vó derretia algumas barras de chocolate para escrever nosso nome em cima de um bolo de chocolate com recheio de chocolate. Ficávamos sujos de chocolate na cara, nas mãos, na camiseta e o sofá da casa do vô ficava uma nojeira. Até a TV, que naquela época passava desenhos violentos, ficava toda marcada com impressões digitais marrons.

    Aquilo foi há mais de vinte anos. O crime já prescreveu. Hoje sabemos que diabetes é coisa séria e que desenhos violentos deseducam. Meus avós não conheceram os benefícios do amaranto, da quinua e da linhaça. Não sabem o que perderam.

DOCE Presente

ESTOU TENTANDO ENSINAR PRA

minha filha de dois anos conceitos básicos, como ontem, hoje e amanhã. Ela sabe mais ou menos o que é ontem, levando em conta que já entende que fazer xixi no chão da sala não é algo que deixa o papai muito feliz. Mas não sabe o que é amanhã. Quando digo que amanhã chega a vovó, ela corre pra porta. Quando digo que mês que vem vamos pra praia, ela já pega o maiô no armário. Ela não sabe o que é paciência, o que é esperar para fazer algo. Ela não sabe o que é futuro, não considera muito o passado. A Aurora vive só o agora.

Nós, adultos, costumamos viver tudo, menos o agora. Sabemos bem o que é o passado, passamos boa parte do tempo nos comparando com nós mesmos há alguns anos. Como éramos mais jovens, como éramos mais pobres, como nossa vida melhorou, como eu tinha mais cabelo. No meu tempo é que era bom! E quando não estamos com a cabeça no passado estamos com a cabeça no futuro. Será que vai chover? Onde vai ser o jantar? Será que ele vai ligar? Como será minha aposentadoria?

Pois bem, eu tentei ensinar o que é o futuro pra Aurora. Dei pra ela um doce e expliquei que só poderia comer depois do almoço. Ela colocou o doce na boca imediatamente. Com a boca cheia de doce ela sorria com os olhos, pra minha indignação. Expliquei claramente que doce é só pra depois do almoço. Ela deveria entender. "Entendeu, Aurora?". "Tedi", que significa "entendi" em aurorês. Como prova de entendimento, propus comprar mais um doce, que ela deveria conservar até "depois de fazer papá". Ainda reforcei com mímica, levando a mão até a boca com uma colher imaginária. "Tedi", ela disse, olhando nos meus olhos.

Agora, é claro que eu imaginei que ela também comeria este doce. Mas acreditava que este duraria mais alguns segundos do que o primeiro, e assim eu teria ensinado algo com o experimento, o que não aconteceu. Ou ela mentiu descaradamente pra mim, ou é péssima para entender mímica. Se eu explicasse mil vezes ela devoraria mil doces ali, antes de comer qualquer arroz com feijão.

A Aurora, com isso, nega a nostalgia de viver no passado e a ansiedade de antecipar o futuro. Ela vive o doce presente, devora a vida como se não houvesse amanhã. Ela está onde está, prestando atenção no que acontece com ela naquele momento, sem comparar com o que já foi e nem esperar nada do futuro. Um dia irá aprender que escovar os dentes evita dor, que guardar pra mais tarde evita sofrimento.

Mas será que cárie dói tanto assim? Eu nunca tive. Será que economizar vai me garantir um futuro próspero? A Aurora, com a boca cheia de doce, está absolutamente realizada.

Enquanto isso, nós adultos muitas vezes guardamos os doces, pra muitas vezes jamais comê-los.

DIAMANTES

NUM CASAMENTO QUE EU FUI ESSES TEMPOS, o mestre de cerimônias era daqueles modernos, sem religião, que fazem o casamento ficar bem descontraído e, às vezes, por causa disso, constrangedor. A gente se sente meio que numa palestra motivacional (quem é casado consegue entender a ironia nisso).

Em determinado momento, o mestre de cerimônias moderninho pediu pra todo mundo dar as mãos e, na contagem do três, gritar bem alto alguma coisa que desejávamos para os noivos. Todos contaram "um... dois... três... e" e berraram ao mesmo tempo coisas do tipo "alegria!", ou "amor!", ou "felicidade!".

E no meio disso uma criança de sete anos gritou: "Diamantes!".

O que poderia ser melhor do que ganhar diamantes no dia do casamento? Alegria é passageira, felicidade plena é inalcançável, amor o casal de noivos já está cheio. Desejem aos noivos diamantes! Eles são eternos, e em um momento de necessidade poderão vender alguns para fazer um cruzeiro pelo mundo ou completar o tanque de combustível com gasolina (não aditivada que está muito cara). Dizem que vendendo alguns diamantes se consegue pagar uma refeição no aeroporto, mas não acredito que seja realmente possível.

Chamou-me a atenção que ninguém gritou "meias!". Meias, portanto, não são um bom presente pra se desejar aos outros. Ninguém tampouco gritou "vale-presente da Saraiva!". Eu gosto muito da Saraiva, mas abomino vale-presentes, praticamente um cartão escrito "não perdi tempo pensando em um presente melhor". Ninguém gritou "*compact discs*!", nem "a coleção completa do seriado *Friends* em DVD!". Seriam presentes interessantes, mas fora de moda.

Eu gritei "amor", meio constrangido com a situação e com medo de parecer um desejo ridículo para os outros na festa. Gritei "amor" porque sei que no final das contas é a coisa mais importante em uma relação (tirando o iate, quando houver). Mas desejei ter gritado "diamantes" depois que o mestre de cerimônia moderninho falou no microfone: "Que vocês recebam o que gritaram em dobro!".

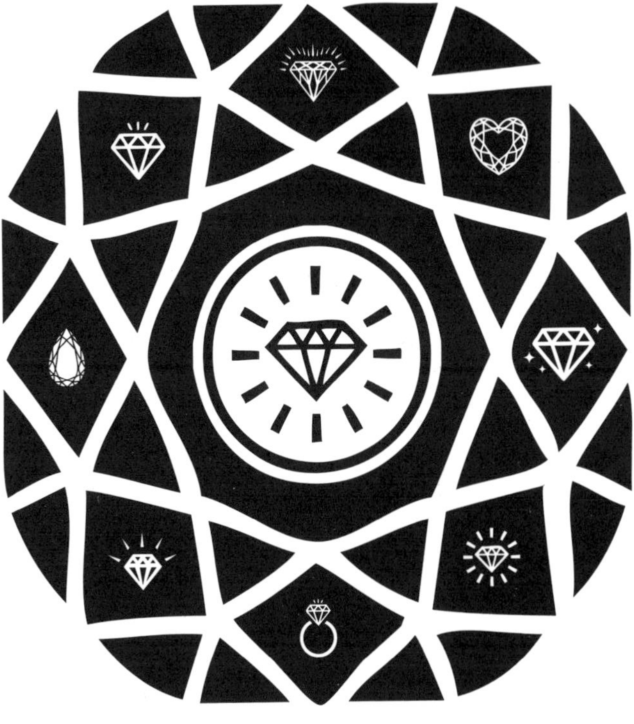

CRIANÇAS E O SEXO

A FILHA DO CRIS TINHA UNS SETE ANOS

quando disse, no banco de trás, que estava precisando tomar anticoncepcional. O Cris quase bateu o carro. "Como assim, minha filha, que história é essa de tomar anticoncepcional?". A menina explicou: "É que a minha irmã disse que anticoncepcional é pra não ter bebê, pai. Eu não posso ter um bebê agora. Eu não conseguiria criar um bebê. Sou muito nova".

Quando finalmente chegou a hora de falar o que é sexo pra minha filha pré-adolescente, minha mulher passou as informações e explicou que foi assim que nasceram nossas duas filhas. "Blerg! Que nojo! Quer dizer então que vocês já fizeram sexo duas vezes!?".

No rádio, uma propaganda de uma clínica de tratamento para disfunção erétil anunciava: "Sexo é vida, sexo é saúde". Um amigo meu ouviu o filho de cinco anos conversando com um amigo: "Você sabe o que é sexo?". E o amigo: "Claro! Você não ouviu no rádio? Sexo é vida, sexo é saúde."

E aquele avô que estava com o netinho quando ouviu a pergunta que nenhum avô quer ouvir: "Vô, o que é sexo?". O senhor ficou branco. Olhou pro neto, respirou fundo, e candidamente disse: "Olha, netinho, eu nem me lembro mais".

É um assunto delicado, e ao mesmo tempo engraçadíssimo. Eu e minha mulher lutamos para que nossa filha de quatro anos durma na própria cama, ao invés de deitar no meio da gente. "Papai e mamãe precisam ficar juntos sozinhos de vez em quando. Papai e mamãe precisam namorar". Mês passado fomos para um hotel. Nossa filha resolveu nos dar uma colher de chá. Disse que iria deixar a gente dormir sozinho na cama de casal. "Vocês podem dormir na cama sozinhos pra namorar", ela autorizou. "E eu vou dormir na outra cama com a minha irmã e a gente vai namorar também". Ela não entendeu quando a gente explodiu de rir.

A VIDA É LONGA

MINHA MÃE CONTA A HISTÓRIA DE UM DIA em que ela estava na praia com as amigas. Eu tinha uns dois anos, caminhava entre as cadeiras de praia e os guarda-sóis, conversando com todas as pessoas, na maioria das vezes pedindo que me dessem "sovete de molango". Andava com dificuldade na areia, minha mãe atrás de mim, certificando-se de que eu não me perderia na praia. Foi então que encostei em uma cadeira, me apoiando para não cair. Na cadeira estava sentado um homem. Esse homem era o meu pai, que tinha deixado minha mãe grávida, dois anos antes. O homem me olhou, e então correu os olhos pela praia. Viu minha mãe, paralisada. Ele olhou novamente pra mim. Meu pai biológico, olhando pro seu próprio filho, pela primeira vez.

    O homem virou o rosto, como se não conhecesse minha mãe. Imagino que ele deva ter ficado nervoso. Continuou a conversar com alguém, como se nada tivesse acontecido.

Eu não preciso ler nenhum livro de psiquiatria pra perceber que tudo o que faço pelas minhas filhas é uma espécie de compensação de todo o carinho paternal que eu não tive. Nós somos essa geração de pais que está sempre tentando fazer seu melhor, e sempre achando que está fazendo tudo errado. Mas uma coisa posso afirmar: estamos aprendendo. Pais ruins não fazem falta, mas pais participativos, presentes, atenciosos, esforçados, esses pais valem ouro. Esses pais são um milagre, em tempos individualistas, mesquinhos, machistas. Esses pais são um sopro de esperança, um carinho que o mundo nos faz, no meio de tanta agressão.

Nunca ouvi falar de um homem que, quase morrendo, ao avaliar seu passado, tenha se arrependido por ter trabalhado pouco. "Deveria ter preenchido mais relatórios". "Deveria ter participado de mais reuniões". "Que arrependimento por não ter virado mais noites no escritório". Soa impossível. Os principais arrependimentos da vida são sobre não ter valorizado as pessoas mais importantes. "Deveria ter passado mais tempo com as pessoas que eu amo". "Deveria ter dado menos valor para o dinheiro". "Deveria ter sido mais presente". "Não deveria ter me preocupado com a opinião dos outros".

As pessoas dizem que a vida é curta, mas me parece que a vida é longa. Pessoas recomeçam todos os dias. Recomeçam relacionamentos, recomeçam carreiras profissionais. Descobri, pela internet, que até meu pai biológico tem uma família linda. É um pai participativo agora. Nunca lhe disse isso, mas fico feliz. Fico feliz que a vida seja longa o suficiente pra que essas coisas aconteçam. A vida é longa e cheia de oportunidades pra você ser uma pessoa melhor. Todos os dias algo esbarra na sua cadeira de praia e te diz que você pode ser uma pessoa melhor.

    Espero que este texto ajude.

Excesso de culpa na bagagem

Viajamos sem as crianças por vinte dias pela Europa. (Quão irritante é essa frase? Consegui com menos de dez palavras irritar quem nunca viajou pra Europa, quem nunca conseguiu viajar sem os filhos e quem já foi pra Europa sem os filhos, mas achava que era o único no mundo a fazer isso. Calma, tenho outras frases irritantes para compor este texto). Deixamos as meninas com as avós e levamos na bagagem muito casaco e culpa por abandonar nossas meninas por vinte dias.

Como elas estarão quando a gente voltar? A mais velha estará malcriada, respondendo a tudo com raiva e desdém? Terá adquirido o hábito do fumo? A de dois anos não irá nos reconhecer quando voltarmos? Elas não vão mais nos amar? Estarão cheias de tatuagens? Estarão todas bêbadas quando entrarmos em casa? As paredes pichadas "Fora papai" e "Mamãe te odeio"?

Desembarcamos no aeroporto ansiosos, furando a fila da imigração, com licença, cuidado a mala, o senhor não entende, nossas filhas estão em perigo, meu Deus. O taxista puxou conversa, adoro seus textos, sou seu fã, ok, ok, meu amigo, vamos logo com isso, minhas filhas estão me odiando, eu não devia nem ter viajado. Como faz pra tirar tatuagem?

Chegamos em casa, a sogra estava sorridente e aparentemente sóbria. As meninas correram pra nos abraçar. Cheirando suas roupas não senti cheiro algum de nicotina. Nenhuma parede riscada. Descobrimos que a de dois anos não usava mais fralda. Fazia xixi e cocô no penico, pedindo educadamente em todo momento de necessidade. As duas estavam dormindo cedo, sempre de banho tomado e deveres feitos. A mais nova estava comendo brócolis, a mais velha interessada por poesia e jazz.

Aparentemente, eu e minha mulher não somos pais irresponsáveis porque abandonamos a casa por vinte dias. Mas por não fazermos isso com mais frequência.

TÁ DE BABÁ?

SEMPRE TIVE ESSA CARA DE MALU-CO, barba mal feita, cabelo desregrado, mas jamais usufruí de substâncias proibidas por lei, exceção do período de faculdade, quando namorei uma menina que cursava Biologia. Vocês sabem como é o pessoal de biológicas... Mas, durante toda a minha vida, por causa do meu jeito, se aproximavam pessoas querendo encarar uma noite longa demais ou perguntando se eu tinha seda (demorei pra descobrir que não se tratava do tecido). Era difícil explicar que minha noite ideal envolve o mínimo de agito, o mínimo de barulho, o mínimo de fumaça e o mínimo de pessoas me perguntando: "O que mesmo eu tava falando?".

Tive filho cedo e algumas pessoas achavam estranho eu estar sempre com um bebê no colo. Pra mim, aquilo sempre foi uma boa companhia. Eu adorava a ideia de ser pai. Mas as pessoas não esperavam isso de mim. Olhavam-me feio na rua. Eu era um caso de patrulhamento inverso: as pessoas esperavam de mim um comportamento PIOR! Ficavam confusas de me ver cuidando de crianças. Nunca esqueço de uma manhã passeando com minha filha na beira da Lagoa, quando dois jovens virados da noite passaram por mim e disseram: "Piangers?!?! Que baita caretão!".

Ser pai jovem está na moda porque as fotos ficam lindas nas redes sociais. Mas quando você está num evento rodeado de mochilas, fraldas, panos pra limpar o nariz e chupetas, as pessoas te olham com pena. Elas não entendem que é uma parte do negócio. Chato ou divertido, isso é ser pai. Ser pai é estar com os filhos. Quando veem a minha cara, as pessoas esperam que eu seja muito louco, deixe as meninas em casa e volte só de manhã; um pai que leva as filhas para a loja de tatuagens e que passeia com elas de moto. Longe disso. Nosso passeio mais radical foi no Parque Tupã.

Toda vez que eu levo minhas filhas pra qualquer evento fica aquele clima: "Puxa vida, cara. Hoje tu tá de babá?".

E eu adoro responder: "Não. Tô de pai".

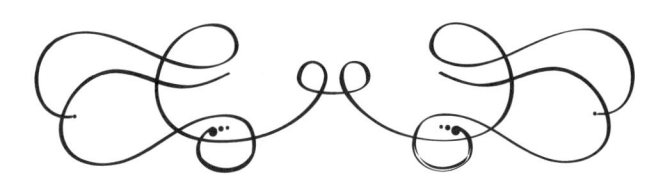

OS TERRÍVEIS DE 2 DOIS ANOS

TENHO UMA MENINA DE DOIS ANOS e uma de oito. Existe um termo mundialmente famoso para se referir às crianças de dois anos: *terrible twos* (terríveis de dois). Essas pobres crianças são chamadas de terríveis talvez porque adoram riscar paredes com lápis de cor, talvez porque costumam fazer xixi no chão da sala, talvez porque automaticamente berram e esperneiam ao ouvir a palavra "não", ou talvez porque estão agora mesmo em cima do laptop do pai impedindo-o de escreverpeo]v-rmwew vd 'wea;DL, 2L3-LDDVXFG-DGDF\WT;

Quando você não tem filho, costuma subestimar os *terrible twos*. Você acha que aquela mãe no *shopping* não deu a educação correta para aquela criança que está deitada chorando no meio da Renner. Você considera aquele pai que colocou a Galinha Pintadinha no *iPad* pro filho assistir no restaurante um ser humano desprezível. Você ingenuamente acredita que, com um pouco de diálogo e carinho, as crianças crescerão sem birra e sem ranho. Você está errado.

Aquela mãe no meio da Renner, desesperada e constrangida com a cena que a criança está fazendo, deu todo diálogo e carinho que uma mãe pode dar. O coitado do pai só consegue se alimentar com ajuda da galinácea anil - e ele provavelmente não dorme decentemente há semanas. Quando você chega na casa de amigos e vê as paredes pintadas, pasta de dente espalhada pelo chão e fraldas usadas nos lugares mais sinistros, não é culpa dos seus amigos. A culpa é da criatura mais fofinha do recinto.

É como dividir sua casa com o pior tipo de inquilino possível. Do tipo que não guarda nada no lugar. Do tipo que fica acordado até às três da manhã querendo ver televisão. Do tipo que quer sempre dormir na sua cama, separando você e sua mulher. Do tipo que te acorda com tapas na cara em um sábado de manhã. Do tipo que não paga aluguel.

Mas não quero parecer injusto.

Falar mal de criaturas tão fofas só vai colocar o público contra mim. Os *terrible twos* não são apenas ruins, eles são ótimos para algumas coisas, a saber:

1. Testar produtos que você acabou de comprar, descobrindo formas de destruir mesmo aqueles aprovados pelos testes do INMETRO (que não tem nenhum *terrible twos* no seu quadro de funcionários, uma falha grave);

2. Rasgar/desenhar em livros favoritos, incentivando a migração digital de sua biblioteca;

3. Convencer aquele amigo que está pensando em ter filho a abandonar a ideia completamente ao ficar com seu filho por quinze minutos no *shopping*.

A boa notícia é que a experiência com um *terrible twos* dura apenas um ano. A má notícia é que existe um outro termo mundialmente famoso: *terrible threes*.

MINHA FILHA NÃO TEM NADA CONTRA GAYS

QUANDO UMA CRIANÇA NOS BRINDA COM SUA visão de mundo é uma delícia tão grande que devemos ficar bem quietos. É como olhar unicórnios se alimentando. Você quer ficar vendo aquilo sem espantar a magia do ambiente. Estávamos no carro, eu dirigindo, minha mulher no banco do carona e minha pequena no banco de trás, sentada no meio. A de dois anos dormia. Lá fora as pessoas desrespeitavam outras pessoas no trânsito. O que podemos chamar de um dia normal.

"O que eu não entendo é que uma mulher pode se vestir com calça jeans e até com camisas masculinas. Isso é aceito pela sociedade," ela tem oito anos e está falando sobre a sociedade. "E um homem não pode se vestir com roupas de mulheres que todo mundo fala mal. Não que eu tenha alguma coisa contra travestis." Eu explodi em risos. "O quê, pai?!", protestou a Anita.

A Anita sempre diz que não tem nada contra determinada minoria, sempre que fala delas. "Por que as pessoas tratam os pobres mal, pai? Não que eu tenha alguma coisa contra os pobres." Ela sempre parece preocupada com a possibilidade de ser considerada racista, elitista, sexista, machista ou preconceituosa. Deve ser uma preocupação muito atual entre as crianças. Porque o mundo está politicamente correto. E imagino que isso seja uma coisa boa. Mas quando eu tinha oito anos, nossa principal preocupação era conseguir a maior quantidade de doces entre a hora de acordar e a hora de dormir.

"Eu só acho que os homens deveriam poder se vestir com saia e salto alto se quisessem. As mulheres podem fazer isso. Os homens não, porque são considerados gays. Nada contra os gays," ela diz novamente, antes que seja mal interpretada. Estávamos no carro ouvindo a Anita falar sobre a sociedade. Lá fora as pessoas desrespeitavam outras pessoas no trânsito. O que podemos chamar de um dia normal.

ANITA
e a éclair

O PROCEDIMENTO É SEMPRE O MESMO, deixamos a irmã menor na escola e damos um jeito de passar na confeitaria, porque a Anita adora o *Apfelstrudel*, o mil folhas de doce de leite, as carolinas de creme. Mas acima de tudo, acima de todos os doces do mundo, a *éclair* de chocolate. No meu tempo chamava-se bomba de chocolate. Mas *éclair* fica mais bonito. Prefiro assim. Ela pede uma *éclair*, eu peço um café. E eu viro espectador desse momento lindo, que é uma criança comendo um doce.

    A Anita recebe a *éclair* em um pratinho. Não usa guardanapo, porque gosta de lamber os dedinhos depois. Segura com o indicador e o dedo médio a parte de cima da *éclair*, aquela parte que tem uma camada de cobertura de chocolate. O polegar aperta o doce embaixo. Nesse momento o recheio cremoso dá a impressão de que vai transbordar, mas é rapidamente levado até a boca pequena, e posso ouvir o pessoal da mesa ao meu lado comentando "que coisa fofa essa menina", à boca pequena. Anita, então, morde com cuidado as camadas de massa superior e inferior, deixando o recheio cremoso de chocolate repousar em sua língua. É a primeira mordida, a segunda mais importante da refeição.

Percebe-se, nesse momento, o recheio da *éclair* escapando pelo lado oposto ao da mordida. Qualquer cidadão mais inexperiente ficaria desesperado, não saberia o que fazer. Não a Anita. Ela repousa a *éclair* no pratinho. Não é hora para vãs preocupações. É o momento de lamber a ponta dos dedos indicador e médio, que estão pretos de tanto chocolate. Duas impressões digitais marcam a parte superior da *éclair*, um lado mordido e o outro com recheio transbordante.

De um profissionalismo tremendo, Anita gira o pratinho em 180 graus, ficando de frente para a parte não mordida da *éclair*. A próxima mordida não encostará nas camadas de massa: é uma dentada precisa que abocanha apenas os milímetros de recheio cremoso. Dessa forma, a *éclair* está novamente apta para continuar a ser devorada através do lado já mordido. Alternam-se, agora, mordidas, lambidas nos dedos, giros de 180 graus no pratinho, dentadas precisas no recheio que ambiciona cair do doce. E assim Anita chega até o último pedacinho da *éclair*: uma camada superior que ainda mantém um resto de cobertura, o recheio remanescente e uma camada de massa inferior de uns dois centímetros no máximo.

Agora, Anita pega o primeiro guardanapo do dia. Limpa a boca e os dedos. Cuidadosamente, pega a última mordida, o melhor pedaço, pela parte inferior do doce, aquela de massa pura, e sem sujar nem os dedos nem a boca, abocanha o que restou da *éclair*. Aproveita os últimos momentos do chocolate nas papilas gustativas. Não há vestígios do doce. Então ela me olha e diz: "Vamos?".

QUANDO EU FOR VELHO

A AURORA ESTÁ CUIDANDO DE MIM. Eu peguei um resfriado violento e quem me traz xarope é a pequena, com um cuidado emocionante, olhando concentradamente para o copinho cheio de líquido rosa que pinga no chão a cada passinho. É uma evolução. Na primeira vez que recebeu essa missão, Aurora tomou todo o meu xarope.

A Aurora também penteia o meu cabelo. Antes de cada escovada ela lambe a mão e passa na minha cabeça, porque provavelmente é como as professoras penteiam o cabelo das crianças na escolinha. Ela vê aquela técnica de baba-gel e acredita que é a única forma de pentear o cabelo de alguém. A Aurora também tenta escovar meus dentes, pedindo pra que eu abra a boca, e depois diz "Cupe!", que é pra me avisar que está na hora de cuspir. Ela fica feliz quando deixo ela me dar comida na boca, e o fato de a maioria do meu almoço cair na minha roupa não me deixa menos agradecido. A Aurora cuida de mim, mesmo eu não precisando que ela cuide. Mas quando eu estiver velho e cansado e ranzinza e magro e banguela? Você vai cuidar de mim, Aurora?

Quando eu for velho serei rico ou pobre? Terei errado muito, decepcionado muitos, tomado decisões estúpidas? Terei pedido demissão em um momento de raiva, colocado todo o meu dinheiro em um negócio arriscado? Terei te feito chorar, Aurora? Quantas vezes? E quantas dessas vezes vão nos separar um pouquinho? E quantas vezes você ainda vai querer escovar o resto dos meus dentes? Daqui a quarenta, cinquenta anos. Você ainda vai cuidar de mim?

Eu parei esses dias na frente do corredor de fraldas do supermercado. Tocava um sonzinho ambiente muito agradável no alto-falante, acho que era uma bossa, e eu fiquei ali olhando as fraldas por uns quinze, vinte segundos. Mais que isso as pessoas iam me achar esquisito. Mas naquele momento olhando as fraldas eu já senti saudade de hoje. Senti saudade dessa fase, dessa idade específica em que tudo é prestatividade e amor. Eu senti saudade de ter que comprar fraldas pra Aurora. Senti saudade de ter escrito este texto. Senti saudade desta frase. Ela acabou de fazer dois anos. Ela não consegue falar direito, se limpar direito, não consegue andar direito e precisa de ajuda pra fazer a maioria das coisas.

Mais ou menos como eu, daqui a cinquenta anos.

Máfia no divã

PROVAVELMENTE DEVERIA ESTAR FALANDO isso apenas para o meu psiquiatra, mas me lembro até hoje do dia em que o meu professor na faculdade explicou por que não tinha filhos. Ele olhou para a sala lotada e perguntou: "Quantos de vocês acham seus pais uns bananas?". A sala ficou muda, mas aos poucos dezenas de mãos se levantaram. "Pois então. É por isso que eu não tenho filhos. Não quero ser um banana pra ninguém."

Não é preciso olhar nossos óculos de aro grosso e nossa fixação por bandas *indies* do Canadá pra perceber que somos uma geração de jovens pais inseguros e perdidos, tentando ser amigos de nossos filhos enquanto eles estão muito mais pro clima "acho que consigo algo melhor". Algo aconteceu com a nossa geração. Eu olhava aqueles filmes do John Hughes no meio dos anos 1980 e os pais de família eram senhores de respeito, não esses branquelos ranhentos que a minha geração se tornou.

Lembro-me de brincar na casa do meu amigo Gustavo. O pai do Gustavo era um pai típico da época: barriga grande, dedos grossos na mão e pouca paciência para brincadeiras. Ele entrava em casa, estávamos jogando Atari, dava um beijo no filho e desaparecia. A partir dali precisávamos abaixar o volume da TV e das conversas, ou a mãe do Gustavo vinha gritando: "Silêncio! Teu pai tá em casa! Teu pai tá cansado!". Ser pai naquela época era como ser um mafioso. As pessoas te respeitavam.

Hoje em dia minhas filhas me acordam pulando na minha barriga. "Ta mimindo papai?", pergunta a menor, enquanto abre meu olho à força. A mais velha exige que eu pare tudo o que eu estou fazendo pra arrumar algum problema no Netflix. O único momento que me sinto um mafioso com um trabalho sujo é quando troco as fraldas da pequena. Eu achava que minha vida de pai seria como a do pai do Gustavo, mas estou mais para a mãe dele. Sempre com medo e arrumando tudo. As mafiosas de verdade lá de casa têm dois e oito anos.

AS HISTÓRIAS QUE ME CONTAM

UMA DAS COISAS MAIS INCRÍVEIS DE ESCREVER

sobre crianças é poder ouvir histórias de outros pais. Recebi a história da Gabriela, cinco anos, sobrinha do Alf, que quando viu a imagem de uma santa no painel do carro da avó, perguntou: "Vó, pra que serve aquele santinho?", ao que a vó respondeu: "Pra nos proteger. Se a vó bater o carro a santinha evita que a gente se machuque". A Gabriela pensou um pouco e ponderou: "Ah, o carro do papai também tem um desse. Só que no carro dele é um balão que sai do painel". Entre fé e *airbag*, eu e a Gabriela ficamos com o segundo.

A Letícia tinha sete anos quando estava começando a aprender a ler. Num domingo de tarde, carro cheio, parado em um semáforo, Letícia solta: "VA-CHI-LES-KI PN-EUS". Todos no carro se olharam! A primeira frase completa lida pela Letícia. Estacionaram o carro ali mesmo na frente da oficina e saíram pulando, realizados com a conquista da menina. Agora, não me perguntem como se soletra "Vachileski". Além de gênia, a Letícia deve ser russa.

A Helena é a filha do Marcos. Ela é morena e tem olhos enormes. Fazer a Helena dormir não é fácil (nenhuma criança dorme fácil depois de dois anos, a não ser que você esteja atrasado para uma festa de aniversário infantil e PRECISA que ela não durma. Aí então ela dorme extremamente fácil). A Helena, sempre quando vai dormir, questiona o Marcos se todas as outras pessoas já dormiram também. E quando eu digo todas as outras pessoas quero dizer TODAS as pessoas que a Helena sabe que existe. "A vovó?", pergunta a Helena. "Já foi dormir", responde o pai. "A profe?". "Sim, a profe também". E assim por diante, passando pela tia, vó, amiguinhos da escola e todos os personagens de todos os desenhos do Discovery Kids. Algumas vezes, o Marcos dorme antes da Helena.

De uma hora pra outra o Guilherme, dois anos, começou a falar nome feio. "Caiaio! Caiaio!", e a mãe ficou apavorada. Telefonou pra escola. "Quem está ensinando meu filho a falar palavrão?" E o Guilherme lá, soltando "caiaio" nas situações mais constrangedoras, no elevador, no almoço de domingo. Um dia, passeando no parque, começou a gritar: "CAIAIO!". E a mãe corada de vergonha. Guilherme apontava e gritava "CAIAIO!". A mãe olhou pra onde Guilherme apontava. Era um cavalo.

A Sofia, sete anos, foi passar um mês de férias com os pais na casa do amiguinho Arthur, no Rio de Janeiro. Praia todo dia, muito passeio de bicicleta, e um dia Sofia notou que o garoto nunca assistia televisão. O pai dela explicou: "Eles nem têm televisão em casa. Os pais dele não querem que ele fique vendo desenho o dia todo". E, realmente, o garoto era mais calmo que as outras crianças e passava o dia todo brincando com lego, pipa e bicicleta. Um dia, Arthur perguntou pra Sofia que tipo de castigo ela levava se não se comportava direito. A Sofia respondeu: "Fico uma semana sem ver televisão". Arthur recebeu a impactante informação, encheu os olhos de lágrima e virando para os pais perguntou: "Então eu tô sempre de castigo?".

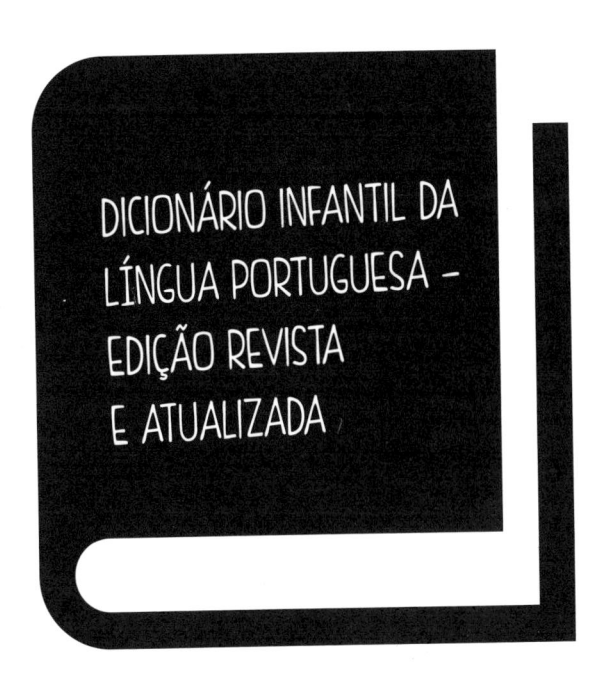

DICIONÁRIO INFANTIL DA LÍNGUA PORTUGUESA – EDIÇÃO REVISTA E ATUALIZADA

AURORA ESTÁ COMEÇANDO a falar. Ela já entende tudo o que a gente fala, como por exemplo, "Aurora, pega uma cerveja gelada pro pai", mas ainda não formava frases até semana passada, quando me viu fazer um vídeo em câmera lenta no *iPhone* e soltou um "QUE LEGAL!", pra delírio dos donos dela, a saber, eu e a minha mulher. A Aurora é uma das coisas mais legais que a gente já fez, sem dúvida.

Ela então começou a juntar as palavras e ontem já estava dizendo "Papai, vem toma cacaco comigo", que significa "Papai, vem tomar um suco comigo". Sei disso porque ela estava tomando suco, mas a frase seria a mesma para água, piscina ou banho. Tudo é cacaco. Uma sutil diferença para "papato", que significa "sapato" e vale para sapatos, tênis, chinelo, botas e até crocs, mesmo que este seja um item proibido aqui em casa (minhas filhas consomem escondidas, incentivadas pela minha mulher. Alô, juizado de menores!).

Todos os animais de quatro patas são "auau" e todos os animais que voam são "cocó". Todas as crianças são "nenê", mesmo que sejam maiores que a Aurora. As únicas pessoas que têm a honra de terem palavras exclusivas são "Papai", "Mamãe" e a Galinha Pintadinha, que é a terceira "pessoa" que a Aurora mais vê e, portanto, tem a alcunha exclusiva "popó". A Galinha Pintadinha é a melhor babá que já tivemos, aliás. Acalma a Aurora como ninguém e não cobra décimo terceiro. A Super Nanny perdeu o emprego depois do advento da Galinha Pintadinha.

É uma fase deslumbrante para os pais, essa dos quase dois anos. Se ela tivesse dez anos e falasse desse jeito ia ser meio preocupante, mas como ela parece uma anã falante de pijama pela casa, qualquer grunhido emociona. Isso até você descobrir que a filha do vizinho já fala "eu te amo, papai". Estamos precisando atualizar o dicionário, Aurora.

AMADORES

NOS PRIMEIROS MESES DA MINHA primeira filha estávamos perdidos e nervosos e absolutamente exaustos, como as fotos da época comprovam. Eu e a Ana magros, com olheiras e roupas amassadas. Ninguém sabe o jeito certo de criar uma criança nos primeiros meses de vida, a não ser todas as outras pessoas do mundo, cujos conselhos são tão constantes quanto inúteis. "Tem que dormir com vocês na cama", "não pode dormir com vocês na cama", "tem que dar leite o tempo todo", "apenas de três em três horas", "chupeta é maravilhoso", "não ofereça chupeta para esta criança que isso é um crime". Dava pra ver como as outras pessoas olhavam pra gente e pensavam: "Que amadores!".

Estávamos cansados de virar todas as noites e passar os dias sem saber se o choro era cólica, fome, sono, calor ou fralda suja. Nosso choro era de sono e fome, certamente. Estávamos emocionalmente equilibrados, entre amigos que tiveram experiências muito piores (bebês que choraram por três meses sem parar) e por amigos que tiveram experiências muito melhores ("nossa filha só dormia e dava risadas fofas"). Invejosos, cortamos relações com este segundo casal.

Tudo era um caos naqueles primeiros meses, e mesmo quando estava tudo bem ainda corríamos pro berço pra ver se nossa filha estava respirando. Amadores. Tentando fazer minha filha dormir, de madrugada, me sentia o homem mais poderoso do mundo quando conseguia. Pensava: "Peguei a manha!". Mas na noite seguinte não valia aquela manha, tinha que inventar uma outra manha, barriga pra baixo, musiquinha nova, a mãozinha da Anita segurando meu dedo mindinho. Cada noite era uma aula, uma faculdade de como aprender a ser pai. Sem professor, nem teoria. A gente aprende a ser pai sendo. Amando.

Mês passado, pegamos um avião em família. As meninas adoram quando tem televisão, adoram a hora do lanchinho, eu levo sempre um livro de atividades, passamos um tempo colorindo e desenhando. A minha filha menor nem tem derrubado mais o suco. Na poltrona da frente um casal de pais novos, um bebê de dias no colo. Estavam voltando de Porto Alegre para a cidade onde vivem hoje. Estavam atrapalhados com a bolsa, os panos, a mamadeira, o chocalho e o bebê, que não parou de chorar durante todo o voo. Eu e a Ana nos olhamos, sorrimos um para o outro. Silenciosamente, pensamos juntos: "Amadores".

A REVOLTA DOS COLCHÕES

ESTAMOS EM GUERRA LÁ EM CASA.
E eu não vou medir esforços para vencê-la.

Quando coloquei televisão, móveis novos e ar-condicionado no quarto das meninas, não foi pensando nelas, mas em mim mesmo. Esse é um dos meus planos de guerra. A única razão de deixar o quarto delas mais bonito e habitável é que eu não aguento mais que elas durmam na minha cama.

Tenho convicção de que é uma revolta combinada. Para cada vez que as obrigo a tomar banho ou a comer brócolis, elas preparam a vingança para o meio da noite. Perto da meia-noite elas entram sorrateiras no quarto e começam a torturar.

Na revoltosa mais nova, percebo o padrão de dormir atravessada na cama, com um de nossos travesseiros embaixo dela. Dessa forma, ela consegue dar chutes em mim ao mesmo tempo em que dá cabeçadas na minha mulher. A mais velha gosta muito de dormir abraçada na gente. Então, enquanto levo chutes na cara de uma, a outra está me imobilizando. É, sem dúvida, um trabalho em equipe muito bem-feito.

Minha primeira estratégia de resistência depois das sistemáticas invasões ao meu colchão foi comprar uma cama maior. Encomendamos uma sob medida que ocupa praticamente o quarto todo. "Isso deve resolver," eu pensei, ingênuo. Mas as invasoras de colchão não se contentam em apenas dormir na sua cama. Elas também querem dormir do seu lado da cama. Então não importa o tamanho da cama, inevitavelmente no meio da madrugada elas vão estar com um pé na sua cara e um cotovelo no seu estômago.

Já tentei a estratégia "dormir na cama delas para que pensem que a cama delas é a minha cama e passem a dormir sempre lá". Não funcionou porque elas me espancavam na cama delas E na minha cama, seguindo-me no meio da noite. Já tentei a "trincheira de travesseiros" me separando delas durante a noite, mas elas rompiam a barreira. Já tentei a estratégia dos móveis novos e TV no quarto delas. Nada parece estar dando certo.

Estou pensando em liberá-las do banho e do brócolis. Será minha bandeira de paz.

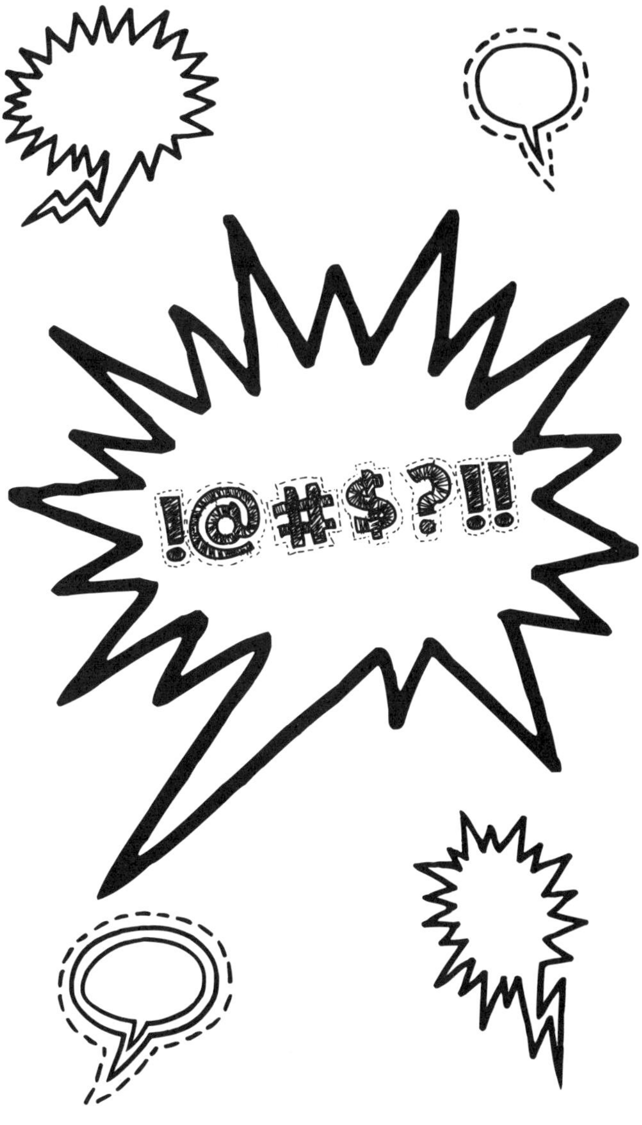

SÓ ISSO

?

VOCÊS VÃO DIZER "TAL PAI, TAL FILHO", mas a verdade é que eu queria que minha filha mais velha acreditasse em algo que não fosse a simples matéria. Mas ela não acredita. Ela nunca acreditou em Papai Noel, por exemplo. Nunca teve medo de Papai Noel, como algumas crianças.

Simplesmente olhava impassível para o cara vestido de Papai Noel porque pra ela era exatamente isso: um sujeito vestido com uma roupa esquisita.

Eu dizia: "Olha filha, o Papai Noel!". E ela me olhava como se eu fosse algum idiota. "Pai, é um cara vestido de Papai Noel." Isso quando ela tinha três anos. Com o passar do tempo, o ceticismo dela foi me deixando constrangido de sugerir qualquer entidade fantasiosa. Eu ia me sentir ridículo tentando apresentar, como algo verossímil, o coelho da páscoa, por exemplo.

– É um coelho que traz ovos de chocolate, filha.

– Sério, pai. Isso não faz sentido nenhum!

– Errrr… ok, filha. Eu sei.

Quando caiu o primeiro dente da Anita a gente tentou fazer alguma coisa mais lúdica, pra ela acreditar na fada do dente. Sabe? Aquela que pega o dente da criança? Ok, eu sei que não faz sentido. Tô só contando uma história. Enfim. Falamos pra que ela colocasse o dente embaixo do travesseiro, esperamos ela dormir, colocamos uma moeda de um real no lugar do dente, e esperamos pelo dia seguinte.

Ela acordou gritando: "PAI!". Naquela manhã eu realmente achei que veria aqueles olhos brilhando, aquele sorriso largo e aquela alegria do tipo: "É REAL! FADAS EXISTEM!".

Ela entrou no quarto mostrando a moeda de um real.

E disse:

– Só isso?!

Nossa MELHOR vista

DA ÚNICA VEZ QUE EU VISITEI O CARIBE, e as parcelas não estão pagas até hoje, o hotel tinha nos dado o quarto com a pior vista possível. A janela não dava pra uma paisagem tosca, nem pra uma parede de um prédio, como o conceito de "pior vista possível" pode pressupor, mas para a parte de dentro do centro de convenções do próprio hotel. Não se via o dia, nem o sol, apenas as luzes frias e a decoração mais fria ainda. Os dias eram ótimos nas praias, mas voltar praquele quarto com vista pra dentro do próprio hotel, era triste.

Da nossa janela só podíamos ver outras janelas, todas viradas para o centro de convenções, e no centro de convenções rolavam aquelas festas deprimentes – festas de quinze anos de meninas maquiadas demais e confraternizações de empresas onde todo mundo usa ternos dois números acima do tamanho certo, esse tipo de coisa. Nas janelas viradas para o centro de convenção, apenas outros casais, de olhar vidrado e melancólico. O mesmo olhar que tínhamos, eu, minha mulher e nossas filhas.

Faltando dois dias para irmos embora resolvi abrir mão de meia dúzia de lambaris verdes e mudar de quarto. Não aguentávamos mais dormir ao som de lambada e acordar sem saber se fazia sol ou chuva. Queríamos o melhor quarto agora, com a melhor vista, pelas próximas duas noites. Queríamos dormir com o barulho das ondas, acordar com os pássaros caribenhos cantando em papiamento. "Então vamos colocar vocês no 809, senhor. É a nossa melhor vista," disse a atendente. Passado o cartão de crédito (o sistema de pontos sempre me consola nessa hora, apesar de eu até hoje não ter pontos nem pra comprar uma batedeira), fomos arrumar as malas pra mudança de quarto.

Calções de banho e maiôs em sacos plásticos, a última coisa que precisava fazer antes de sair daquele quarto deprimente era trocar a fralda da Aurora (minha filha mais nova). Deitei-a na cama, tirei a fralda com xixi deixando a menina pelada em cima dos lençóis brancos. Olhei o lenço umedecido em cima do balcão e, nos dois segundos que me estiquei pra pegá-lo, minha filha fez o maior cocô que eu já havia presenciado. Era meio verde, e meio preto, e tinha uma consistência pastosa, que não só manchava os lençóis e impregnava o quarto com um cheiro insuportável, como também ameaçava escorregar da cama em direção ao carpete do quarto.

Olhei para aquele estrago e por alguns segundos me desesperei. A gente não tinha como limpar aquilo, seria um serviço para a mais brava das camareiras. Olhei pela maldita janela com a pior vista do mundo. Vi o maldito centro de convenções. Vi também um outro hóspede, que de outra melancólica janela via a minha complicada situação. Ele mexeu os lábios e pude ler o que ele dizia. "Deixa assim". Ele tinha um sorriso de vingança na boca. "Deixa assim," ele falava sorrindo.

    Peguei a criança e parti rumo ao 809.

A Religião da minha filha

A Anita não acredita em Deus.
Ou melhor, nas palavras dela, ela "acha que Deus não existe de verdade". Olha eu sendo tendencioso. "Como é que Deus existe se nunca ninguém viu ele?," ela me perguntou. Eu devia ter simplesmente concordado, porque reducionisticamente é nisso que eu acredito também. Mas resolvi estender um papo porque pai gosta mesmo é de complicar as coisas. Um pai que não complica as coisas não é pai, é uma visita.

Estávamos dentro do carro num dia de chuva, voltando da aula de reforço.

— Olha, Anita, tem gente que acredita que Ele existe sim. E, em teoria, judeus e cristãos acreditam que Moisés viu Deus no Monte Sinai.

O que levou à próxima pergunta. Toda resposta para uma criança é um convite a uma próxima pergunta. "E como é Deus então?"

— Na Bíblia, diz que ele era uma planta que pegava fogo.

Ela fez uma careta. Eu vi pelo retrovisor, meio orgulhoso de notar que os absurdos bíblicos não convenciam nem uma menina de oito anos.

— Então Deus é um foguinho?

— Não, ele, teoricamente-veja-bem, é uma planta que pega fogo eternamente e fala com as pessoas que ele escolhe, no caso Moisés, que libertou o povo judeu.

Um taxista me ultrapassou pela direita, no meio das obras da Protásio. Deus o abençoe.

— Que que é judeu?

— Judeus são os caras que acreditam em tudo que está na Bíblia, menos na parte de Jesus. Pra eles o bam-bam-bam, filho de Deus, ainda não voltou pra Terra pra falar com as pessoas. Eles acreditam em Deus, mas não em Jesus. Quem acredita em Jesus é cristão.

— E daí as pessoas têm essas duas religiões?

— Vixi, as pessoas têm mil religiões. Tem gente que acredita que Deus na verdade se chama Alá, tem gente que acredita que tem um menininho que nasce na Ásia que é o representante de Deus na Terra, tem gente que acredita que Deus na verdade não é um, mas vários deuses; tem até uns caras da cientologia que acreditam que na verdade vieram alienígenas de outros planetas que povoaram a Terra há muito tempo e a gente é filho desses alienígenas...

E antes que eu pudesse acabar a minha lista informal de religiões a Anita falou, como quem tem a maior certeza do mundo do que quer ser: "Eu quero ser cientologista".

Assim, como quem diz "eu quero ser psicóloga". Ou "eu quero torcer pro Corinthians". Um desgosto tremendo. Minha filha quer ser cientologista. Minha filha quer acreditar que somos fruto de uma reencarnação de almas alienígenas. Confesso que, se pudesse voltar atrás, teria respondido "Como é que Deus existe se nunca ninguém viu ele?" da seguinte maneira:

– Talvez ele seja meio tímido.

TARDE DEMAIS

QUANDO MEU VÔ PRECISOU DE TRANSFUSÃO de sangue nos últimos três meses de vida (aquela época em que fazemos de tudo sabendo que não adianta de nada), fiquei com ele no quarto de hospital por algumas manhãs. Quando chegou o almoço do hospital, meu vô não quis comer. "Quanto custa?" Expliquei que estava incluso no pacote. "A sobremesa também?" Respondi que sim. "Então tomar banho aqui também não é cobrado?" E entendi porque havia dois dias ele não ia ao chuveiro.

Passei por uma situação parecida com a minha mãe. Na primeira vez dela numa churrascaria de espeto corrido estranhei a elegância, pouco habitual, de dizer não para quase tudo e pegar apenas algumas carnes mais baratas. Basicamente ela almoçou frango e arroz. Expliquei que estava tudo incluso e que ela pagaria o mesmo preço, comendo picanha ou linguiça, filé mignon ou abacaxi com canela. Mas a velha já estava estufada de galinha com bacon.

Na hora do garçom oferecer a bandeja de sobremesas, a louca não hesitou em agarrar dois mousses, três trufas e um quindim. Tentei dizer "não quero" pra ouvir um enfático "quer sim!" enquanto ela distribuía sobremesas no meu prato. Expliquei que as sobremesas, essas sim, eram pagas (e por unidade!) e ela quis devolver um quindim meio mordido. Juro. História real.

Nossa família sempre acreditou que só o muquiranismo salva. Nenhum gasto acima de trinta reais é justificável. Os itens do supermercado são revistos ponto a ponto, como se estivéssemos lidando com *gangsters* do outro lado da caixa registradora. Um carro deve durar mais de dez anos, de preferência sem trocar o óleo do motor. Um chuveiro só precisa ser trocado se sair fumaça. "Fumaça preta, é claro", diria meu tio Vitor.

Essa semana minha filha mais velha fez um trabalho de modelo e embolsou a quantia de 100 reais. Juntou mais 100 de uma vó, mais 100 de umas vendas de revistinhas, e *voilá*: tinha dinheiro suficiente pra comprar um Furby. Eu me recuso a explicar o que é um Furby, tenho pouco espaço aqui pra essas coisas. Mas é um desses brinquedos que trazem muito aborrecimento para pais e filhos. Mas ela foi ver o Furby. Olhou o Furby, testou o Furby na loja. Pensou. Depois foi ver um tamagotchi. Testou o brinquedinho. Depois um lego. Depois quis ver umas roupas.

"Pai, por que os brinquedos parecem tão legais na loja, mas tão chatos quando estão em casa?" Eu expliquei que as pessoas são assim, só desejam o que não têm.

Ela resolveu guardar o dinheiro dela. Minha mulher falou: "Anita, o dinheiro é teu. Tens que gastar com alguma coisa que tu gostes. Não vai virar uma 'piangers'", no tom pejorativo que só a minha mulher sabe entoar.

E a Anita respondeu: "Tarde demais, mãe".

ORGULHO NERD

ESTOU APRESENTANDO PRA MINHA filha mais velha todos os grandes filmes da minha infância.

A Anita não curtiu tanto *Goonies*, mas adorou *E.T.* Achou médios os filmes da trilogia *De Volta Para o Futuro*, gostou de *Curtindo a Vida Adoidado* e achou os filmes do Tim Burton muito tristes (ela se refere a *Edward Mãos de Tesoura* e *Os Fantasmas se Divertem*). Anita achou o roteiro de *Karatê Kid* (o antigo, com o Ralph Macchio) muito previsível – "Ele vai ganhar no final", arriscou aos 34 minutos – e virou fã do Macaulay Culkin depois de *Esqueceram de Mim* (evitei contar pra ela o que o garoto se tornou hoje em dia). E ela adora, realmente adora, todos os filmes do Chaplin. Acha o Buster Keaton meio chato. Sabe muito.

Nossa nova febre é *Star Wars*. Eu sempre fui fã do Luke Skywalker. A Anita quer ser a princesa Leia. Estamos assistindo ao épico *O Império Contra-Ataca*. Ontem à noite assistimos *Uma Nova Esperança*. A Anita está empolgada com esse segundo filme. Ela ri das cafajestices do Han Solo. Tenho que baixar *Indiana Jones* pra ela ver.

Com uma hora e quarenta de filme, na luta entre Luke e Darth Vader, ela abraça um travesseiro. Diz que não quer assistir. "O Luke vai morrer," diz ela e cobre a cara com as mãos. "Se o Luke morrer não tem próximo filme. Ele não vai morrer," garanto. É minha técnica pra que ela esteja olhando o filme quando acontecer uma das cenas mais incríveis da história do cinema.

Ela está olhando pra TV, Luke perdeu um braço. Ele está pendurado numa antena. Venta muito no planeta Bespin. "Você matou meu pai," fala Skywalker para Lorde Vader. "Não, Luke", responde Vader. A Anita está olhando fixo pra tela. Eu olhando fixo pros olhos dela. "Luke," diz Darth Vader. "Eu sou seu pai."

Um segundo. Olhos vidrados na tela. Dois segundos. Três segundos de silêncio. Ela abraça o travesseiro com força. "Pai..." A boca ainda entreaberta, ela não acredita no que está acontecendo. Eu olho fixo pra ela. Ela olha pra mim e pergunta: "Pai... é verdade?". É o maior *plot twist* da história do cinema. Eu digo que é verdade. Ela volta a olhar pra televisão. Mais alguns segundos de boca aberta. Nem ela, nem Luke Skywalker acreditam no que acabaram de ouvir. Luke grita "Nãããão" e a Anita arregala os olhos. A Millennium Falcon resgata Luke. O filme acaba.

Corta para duas semanas depois.

Estamos no *shopping* conversando sobre o dia dos pais. Eu digo que não precisa comprar presente, ela garante que já sabe o que vai me dar. "Só existe um pai que não merece ganhar presente no dia dos pais, pai." Eu pergunto qual. E ela responde: "O Darth Vader, pai".

O bebê que nunca para de chorar

ENTÃO EU TINHA CHEGADO do trabalho e a Ana me disse que a bebê não tinha parado de chorar durante o dia todo. Pai bobo, você se sente meio super-homem, pensa: "Deixa que eu faço ela dormir rapidinho". Pega a bebê no colo, balança a criança como se a mãe não tivesse feito isso antes, e três horas depois reconhece: "Realmente, ela não para de chorar". A partir daí serão os dois pais se alternando, colo pra um, colo pro outro, ambos tentando as mais variadas técnicas para fazer um bebê parar de chorar, sem sucesso.

O choro de uma criança, eu li uma vez, é um som desenvolvido para criar nos pais um sentimento de terror e pânico, em uma época em que uma criança indefesa no meio da floresta precisava sempre de atenção. Sempre me questiono se, já que agora moramos em apartamentos aconchegantes, não seria o caso do choro do bebê evoluir para um pedido calmo e educado, tipo um "papai, mamãe, alguém poderia me ajudar?". Um dia chegaremos lá, se Darwin quiser.

"Já sei! O carro! O bebê sempre dorme no carro!". Então é meia-noite e você está com um bebê chorando no banco de trás, passeando pela cidade. O bebê continua chorando, você já tentou trajetos retilíneos e cheios de curva, subidas e descidas e colocar uma música alta no som do carro, mas tudo isso só piorou o choro. De madrugada, quando volta pra casa com o bebê ainda chorando, sua mulher abre a porta e pergunta: "Não funcionou?".

Troca de fralda pela milésima vez, dá um banho morno pela milésima vez, oferece leite e chupeta pela milésima vez. Está amanhecendo e sua única esperança é que as oito da manhã abre a creche, você vai poder passar esse pepino pra outra pessoa. Você toma banho com o bebê chorando, vai até o carro com o bebê chorando, dirige até a creche com o bebê chorando, tira o bebê-conforto do banco de trás e leva-o até a professora da creche, que olha para o seu bebê e comenta: "Que anjinho!".

E, neste momento, você percebe que seu filho acabou de dormir.

O PREÇO DO SORRISO ESTÁ INFLACIONADO

A AURORA VAI DESENVOLVENDO

uma confiança, daquelas confianças irritantes de crianças, em que finge nem ligar pro meu olhar de ternura, pros meus beijos na cabeça, pros sopros que dou no pescoço dela. Cada dia, por saber que é amada e protegida, fica mais difícil surpreendê-la com um carinho e, dessa forma, descolar um sorrisinho. Aquelas risadas altas estão cada vez mais caras, passando da cotação "mero barulhinho com a boca" para "arremesso de criança o mais alto possível". O preço da risada passa por um período de inflação descontrolada.

Eu tentei uns beijos na barriga, umas cosquinhas embaixo do braço, e meu pagamento era um sorriso cada vez mais amarelo. Então descobri que ela adora correr pelada ao sair do banho. É uma descoberta maravilhosa, ela dá gargalhadas altíssimas quando eu grito: "Vou pegar". A vizinha do 1104, que não tem filhos, reclama muito na reunião de condomínio das "risadas altíssimas perto das oito da noite".

Só que, obviamente, o preço da risada foi subindo e o tempo sem fralda correndo pela casa teve que ir aumentando pra mantermos um nível básico de gargalhada. Um nível aceitável de RIB (Risada Interna Bruta). E a Aurora, eventualmente, começou a fazer xixi no meio da sala depois de correr e gargalhar por dezenas de minutos. E aí eu fico brabo e ponho fralda nela, sob protestos e choros. Os choros anulam boa parte do RIB aqui de casa. (Jamais teremos um RIB de país desenvolvido.)

Mas agora chegamos em um momento em que eu sei que ela vai fazer xixi no meio da sala, ela sabe que vai fazer xixi no meio da sala, mas a gente finge um pro outro que não. Eu pra ouvir risadas deliciosas, ela porque deve ser muito agradável fazer xixi no chão da sala (não pretendo experimentar). Minha mulher quer acabar com a farra, mas somos eu e a Aurora contra ela. Limpar xixi no chão da sala é deplorável. Mas mais deplorável ainda é uma casa sem risadas de criança.

Avós

MINHA VÓ SERVIA PÃO DE TRIGO ABERTO COM as mãos, sem faca, lambuzado de geleia de pera, que ela mesma fazia no quintal detrás da casa. Por trás dos óculos enormes, com aqueles quadradinhos estranhos na parte de baixo provavelmente pra ajudar a ler, ela olhava empolgada os nove primos sentados, misturando farelos e restos de lama embaixo das unhas e geleia de pera por toda a cara.

Ela perguntava: "Está boa a chimia?". Todos os primos respondiam ao mesmo tempo: "Sim!", menos o Timóteo, meu primo gordo, que quando estava comendo parecia estar numa missão sagrada de se agarrar no alimento e empurrá-lo goela abaixo. A matriarca fazia outra pergunta retórica: "Então, a 'chimia da *fó*' é melhor que a chimia Fritz e Frida?". Todos em uníssono (menos Timóteo): "Sim!". Então ela concluía: "Então, a chimia da *fó* é a melhor chimia do mundo. Porque dizem que a Fritz e Frida é a melhor chimia do mundo e a chimia da *fó* é melhor que a Fritz e Frida".

A manipulação psicológica dos meus avós nos levava a outras situações semelhantes. Meu vô sempre defendeu que a pipoca doce que ele fazia era a melhor pipoca doce do mundo. Anos depois eu ainda lembrava do cheiro e do sabor daquela pipoca suave. Meu vô também abominava cervejas muito geladas. Deixava a geladeira com potência bem baixinha (dava a desculpa das cervejas, mas provavelmente era pra economizar dinheiro na conta de luz). O fato é que tomei uma Kaiser da geladeira dele, num domingo infernal, e estava surpreendentemente deliciosa.

Ele gostava de repetir o tempo todo as seguintes histórias: como construiu duas casas e uma garagem com as próprias mãos; como eram edificações tão bem construídas que estão de pé até hoje; como foi astuto nas negociações para comprar os terrenos; como era honesto na época que cortava cabelos no centro da cidade (se não apareciam clientes ele colocava cinco pila do próprio bolso pro chefe não pensar que ele estava roubando). Na época em que foi caminhoneiro, ele dirigia o melhor caminhão do mundo e conheceu o Brasil todo com o barulho do motor de trilha sonora. Por isso, explicava ele, tinha um zumbido constante no ouvido e fazia concha com a mão do lado da cabeça na hora de assistir o "noticioso do 12".

Meu vô, Hugo Piangers, morreu dia 15 de abril de 2012, às 19h, de desistência múltipla de planos. Ele completaria 93 anos quatorze dias depois. Velório padrão, com discurso proselitista do pastor evangélico presente e um enterrinho bem deprimente numa gaveta logo abaixo de um outro morto chamado Romário. Número 664 do cemitério de Novo Hamburgo.

Voltamos pra casa dele, paredes incrivelmente bem construídas, sentamos ao redor da velha mesa pra beber as últimas cervejas quentes do vô, comer as últimas laranjas do quintal, estourar os últimos milhos para pipoca. Minha mãe trouxe uns biscoitos de manteiga feitos na casa dela. Tirou da bolsa, ofereceu pros primos, ótimo acompanhamento pro chimarrão.

Todos comemos. O Timóteo com o vigor habitual.

Então minha mãe perguntou:
– Estão bons os biscoitos?

UM VERÃO PERIGOSO

NO PRIMEIRO VERÃO QUE PASSEI EM Porto Alegre, depois de ter me mudado de Florianópolis (trajeto oposto ao senso comum), a capa do jornal *Zero Hora* anunciava "O verão mais quente em quarenta anos". Eu não tinha ar-condicionado, nem em casa e nem no carro, e a solução pra refrescar minha filha pequena foi comprar uma piscina de mil litros, daquelas de plástico, e colocar no meio da nossa sala. O chão era de parquê.

As visitas achavam meio estranho, mas meio engraçado, vez ou outra uma mais bêbada entrava na piscina também, normalmente molhando o chão do oitavo andar. Não tinha nem um ventinho na cidade, não tínhamos nada além de alguns cubos de gelo que iam direto da geladeira para a água da nossa piscina proletária, única forma de refresco, além da cerveja e da caipira (minha filha tomava suco de laranja).

Pois o verão não passava e nossa piscina precisava ter a água trocada. Essas piscinas têm aquela pequena abertura no fundo delas, mas não podíamos usá-la no chão de parquê. Começamos a esvaziar a piscina com baldes, mas chegou uma hora que, pra tirar toda a água, tivemos que levantar o plástico todo, pra jogar o resto de líquido no tanque da área de serviço. E aí vimos que, semanas de uso, tínhamos destruído um pedaço do piso. Agora sim ia ferver pro nosso lado.

Volta a fita seis meses. Quando cheguei na cidade, em agosto, fazia perto de cinco graus. Estávamos felizes por arrumar um apartamento pra alugar perto do trabalho, com vista pro rio, por 850 reais ao mês. Nos quartos entrava sol à tarde e minha filha, às vezes, passava desenhando em folhas de papel de rascunho, no chão. A dona do imóvel morava logo abaixo da gente, no 704. E é aí que estava o problema.

De volta ao verão, a água da nossa jacuzi improvisada já tinha molhado tanto o parquê que o negócio estava mole. A água já tinha chegado à laje, e provavelmente era questão de dias pra locadora perceber nossa imprudência, da pior maneira possível: com manchas de infiltração no teto da casa dela.

No dia seguinte, a Ana fez um bolo de cenoura e descemos para explicar a situação. Tocamos a campainha e a Sra. Não Posso Dizer o Nome gritou "só um minuto!" lá de dentro, vindo atender a porta enrolada numa toalha. De canto a gente conseguiu perceber, no meio da sala dela, uma piscina colorida, daquelas de criança, cheia e no meio da sala dela. O chão completamente molhado. E ela disse: "Dane-se o vizinho, esse calor tá insuportável".

Era domingo e comemos o bolo dentro da piscina.

MENINOS E MENINAS

É INCRÍVEL QUE HOJE EM DIA, com tantas inovações tecnológicas, do botox à uva itália sem caroço, não estejamos aptos a escolher o sexo dos nossos filhos. Podemos decidir sobre coisas banais, como o sabor da pasta de dente e shampoos para cabelos lisos ou crespos, mas algo importante como o sexo dos nossos filhos é algo que nem a natureza nem a ciência nos concedeu escolher. Só descobrimos no quarto ou quinto mês da gestação, naquela imagem péssima da televisão da ecografia (outra coisa que precisa ser aprimorada pela tecnologia).

Faz diferença se é menino ou menina? Sou pai de duas meninas. Elas são meigas e carinhosas e se eu tivesse mais mil filhos gostaria que fossem mil garotas. Mas tenho amigos que têm meninos incríveis, educados e criativos. Meninos são mais práticos, exploram lugares e fazem experiências. Garotos gostam de quebrar coisas, chutar bola em coisas, sujar coisas, pisar em coisas. Acho que eu me divertiria muito com filhos homens. Porém, dizem que meninos são mais ligados à mãe. Meninas são mais ligadas ao pai. Não sei se é verdade, mas gosto de ser o preferido. Vocês, mães de garotos, sabem como é.

Se pudesse escolher, porém, acredito que a maioria das pessoas escolheria ter filhos homens. O mundo é melhor para os homens. Meninos são tratados com mais liberdades, têm menos medo de sair na rua, sofrem menos preconceito e quando começam a trabalhar ganham salários melhores. Seria loucura se pudéssemos escolher o sexo dos filhos e mesmo assim escolhêssemos meninas.

Olho pras minhas filhas todos os dias e lembro que um dia irão crescer. Ganharão salários menores? Serão assediadas pelo chefe? Serão tratadas como pessoas frágeis e incapazes? Terão suas intimidades vazadas na internet? Ou teremos evoluído? O mundo será mais seguro para elas? O mundo será mais justo?

Acho que seria uma evolução tecnológica incrível poder escolher o sexo do seu futuro filho. Mas uma outra evolução precisa acontecer antes disso.

QUE NUNCA ∞ ACABE

DOMINGO A GENTE FOI ANDAR DE BICICLETA. O dia estava acabando, tinha um monte de outros pais e outras filhas na ciclovia. O sol ainda batia de lado e uma brisa boa soprava, enquanto minha filha falava. Era um desses dias de calor no meio de outros dias de frio. Um desses dias que a gente esquece que existe qualquer problema. Era um desses dias que, enquanto você aproveita, vai sentindo uma nostalgia porque sabe que vai acabar.

Ela disse que não tinha medo da morte. Mas tenho medo do futuro, pai. Tenho medo de crescer. Tenho medo de você e a mamãe envelhecerem. Tenho medo de virar adulta, de ter que arrumar um emprego. Tenho medo de ter contas pra pagar. Não tenho medo da morte, pra mim a morte não é a pior coisa que pode acontecer a alguém. A morte é como dormir pra sempre, só isso. É muito pior sofrer um acidente, não poder mais correr, nunca mais andar de bicicleta. É muito pior ver os pais envelhecer, saber que vão morrer.

Eu só dizia que "sim", "pois é". Que eu também sentia assim. A brisa batia no meu olho e era uma boa desculpa pro choro. Ela dizia que queria congelar o tempo. Queria ficar pra sempre com oito anos, a irmã com dois. Os pais congelados com essa idade, com esse trabalho. Eu gosto do meu colégio, pai. Das minhas amigas. Gosto da nossa vida, da nossa casa. A gente andando de bicicleta e ela falando essas coisas sem saber que eram bonitas.

Falava tudo isso sem saber que eu sentia a mesma coisa. Era lindo e doído ao mesmo tempo. Como uma música triste em um casamento. Como um jovem que adoece no verão. Como um dia quente no meio dos dias frios. Um dia que você sabe que vai acabar.

PARA COLORIR

ACRESCENTE MAIS OBJETOS DO SEU PAI SE QUISER

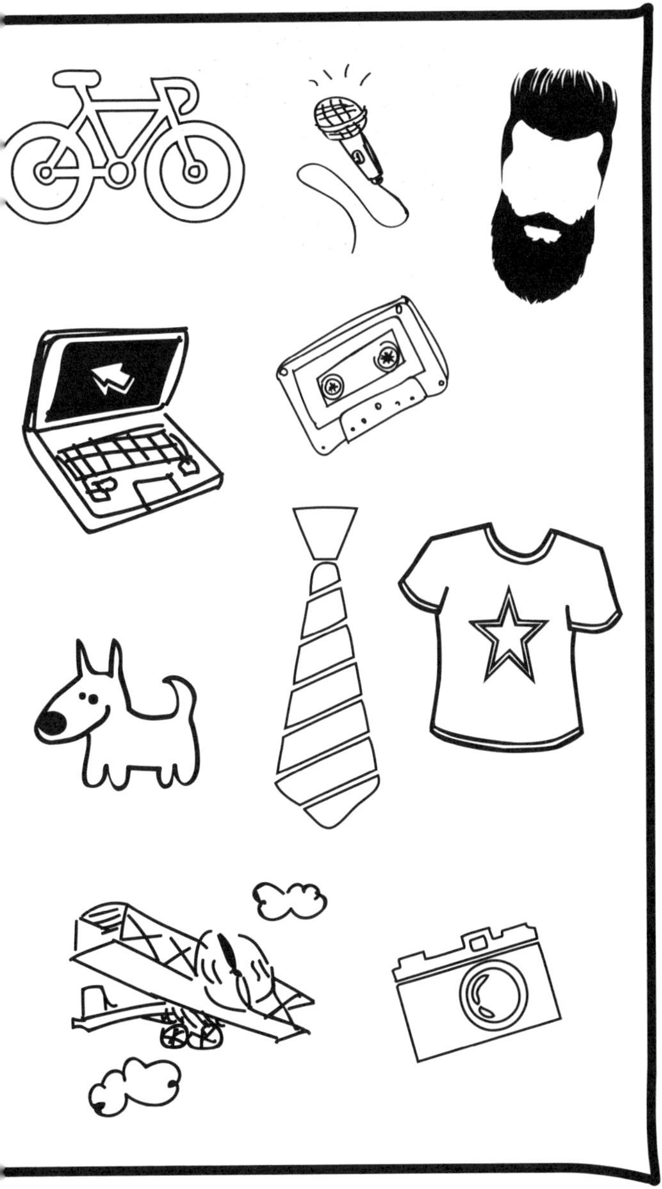

CONHEÇA TODA A FAMÍLIA POP!

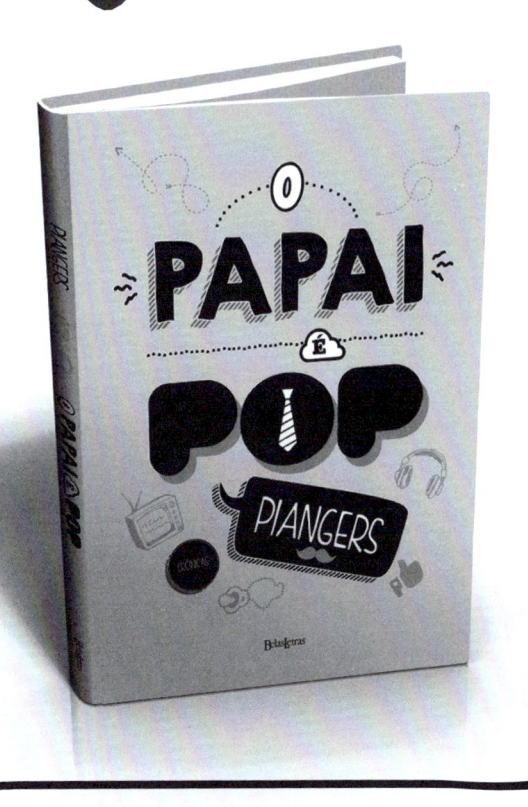

O PAPAI É POP

PIANGERS

PIANGERS
O PAPAI É POP 2
DE NOVO! DE NOVO! DE NOVO!
CRÔNICAS
BelasLetras

A MAMÃE É ROCK

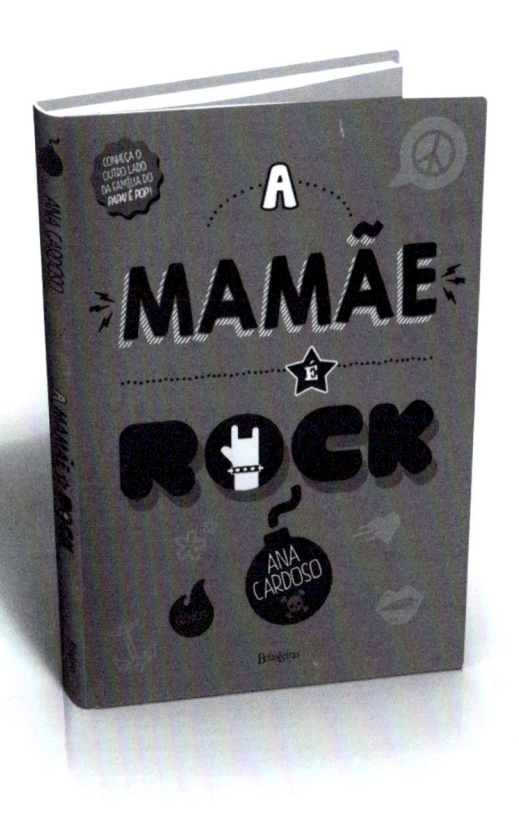

ANA CARDOSO

CONHEÇA O OUTRO LADO DA FAMÍLIA DO PAPAI É POP!

BelasLetras

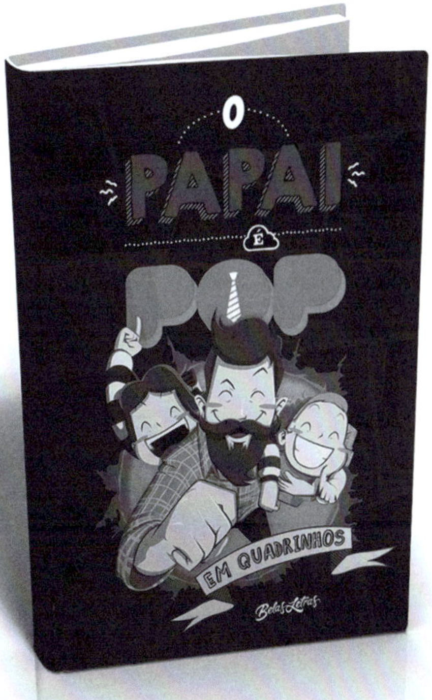
O
PAPAI
É
POP
EM QUADRINHOS
BelasLetras

SE VOCÊ GOSTOU DA
FAMÍLIA POP, VAI GOSTAR
DESTE TAMBÉM.

MARCOS PIANGERS

é jornalista e dá palestras por todo o Brasil sobre as mudanças tecnológicas e as relações familiares. Trabalha com comunicação e plataformas digitais desde 2001.
Nascido em Florianópolis, em 2006 se mudou para Porto Alegre para participar do programa Pretinho Básico, um fenômeno de audiência. Em 2017, foi morar em Curitiba com a família.
Publicou *O papai é pop* em 2015, pela Belas Letras, livro que virou best-seller com mais de 150 mil exemplares vendidos, lançado também em inglês e espanhol.

MarcosPiangers
piangers.com.br
piangers

MUITO OBRIGADO POR COMPRAR ESTE LIVRO!

A família Piangers doa sua parte nos lucros da venda deste livro para instituições que ajudam crianças em situação de fragilidade social.

/marcospiangers

Para cada produto comprado, a Belas-Letras doa outro para bibliotecas que precisam.

CONHEÇA NOSSO PROJETO:
WWW.BELASLETRAS.COM.BR

IMPRESSÃO:

Pallotti
GRÁFICA EDITORA
IMAGEM DE QUALIDADE

Santa Maria - RS - Fone/Fax: (55) 3220.4500
www.pallotti.com.br